La dame blanche du château

En souvenir de ma sœur Colette (1945-1997),
dont la souriante présence
illumina les Quatre-Vaulx
et les bords de l'Arguenon.
M.R.

Illustration de couverture : Christophe Lazé

Michel RENOUARD

La dame blanche du château

ROMAN

Éditions Jean-Paul Gisserot
www.editions-gisserot.eu

Personnages

Philippe Morvan, 55 ans, né à Hama (Syrie), ami de Jean-Charles Martin, archéologue à Karkemish (Turquie), professeur d'Histoire orientale à la Sorbonne, locataire d'une résidence secondaire à Neuilly-sur-Arguenon.

Gabrielle Martin, 10 ans, sœur jumelle d'Hugo, écolière, demeurant à Paris, rue Joseph-Dijon.

Hugo Martin, 10 ans, frère jumeau de Gabrielle, écolier, demeurant à Paris, rue Joseph-Dijon.

Jean-Charles Martin, 56 ans, parrain de Gabrielle et Hugo, né à Rezé (Loire-Atlantique), commissaire principal de police à Vincennes, propriétaire d'un appartement à Neuilly-sur-Arguenon.

Jacques Le Menn, conservateur du musée gallo-romain du pays de la Blanchère.

Chapitre 1

Pour la première fois de leur vie, Gabrielle et Hugo Martin allaient faire seuls un grand voyage : Paris-Rennes-Crignac-Neuilly-sur-Arguenon. Ce samedi-là de juillet, un peu inquiets, les parents conduisirent leurs blonds jumeaux de la rue Joseph-Dijon, au nord de Paris, à la gare Montparnasse. Une fois les billets vérifiés et revérifiés, ils répétèrent ce que les enfants ne devaient surtout pas faire avant de retrouver leur parrain en Bretagne. Totale interdiction de perdre leur sac des yeux, de sourire à des barbus et d'avaler le repas du midi avant l'heure. Il leur était aussi interdit d'accepter les bonbons que leur offriraient de vieilles dames à chapeau ou à coiffe, trop gentilles pour être honnêtes. Une fois à Rennes, (« Roazhon » en breton, précisa Monsieur Martin), ils devraient demander à un contrôleur à casquette et en uniforme - sans barbe, bien sûr - sur quel quai les attendait le TER qui les conduirait à Crignac.

- Ah, quelle époque, mon Dieu, quelle époque ! affirma Monsieur Martin. Il y a cent ans, tout était clair. On appelait un chat un chat. Et il n'y avait ni *titres de transport,* ni TGV, ni TER, mais des billets, des express et des tortillards. Aujourd'hui, on ne parle plus français, mais du jargon, du charabia ou du baragouin. Ah, je me demande où va ce pays. À mon avis...

- Surtout, téléphonez-nous dès que vous serez installés dans le train Crignac-Neuilly-sur-Arguenon, coupa Madame Martin d'un ton sec. Eh oui, les enfants n'écoutent plus leurs parents. Alors, ils se trompent de train, bien sûr, et se retrouvent au bout du monde, là où des gens méchants les font, à coups de fouet, travailler pieds nus dans des champs ou des rizières. Et leurs pauvres parents ne les revoient plus jamais... Bon, n'oubliez pas que votre parrain vous attendra à la gare de Neuilly-sur-Arguenon. Et rappelez-vous qu'il faut changer de train à Crignac.

La femme sortit un mouchoir de papier pour essuyer ses larmes. Les jumeaux sourirent. Bon, ils avaient compris. Ces conseils de prudence, dix fois répétés, leur semblaient bien inutiles. Ils n'étaient plus des bébés, après tout, et la Bretagne, tout de même, n'était pas le Brésil ou la Chine. Et puis, Hugo comptait sur Gabrielle, son aînée puisque née cinq minutes avant lui, et celle-ci, de son côté, avait toute confiance en son frère, solide comme un Viking. D'ailleurs, il faisait du judo, rue de l'Atlas, et avait obtenu son cinquième *kyu* le lendemain même de son dixième anniversaire. Il saurait donc la protéger des méchants.

*

Le voyage, pourtant, se déroula sans problème. L'express arriva juste à l'heure. Il y avait des travaux à la gare de Rennes, et une vache n'aurait pu y retrouver son veau. Plus malins que les vaches, les enfants n'eurent aucun mal à trouver le tortillard qui, après le changement à Crignac, les conduisit à Neuilly-sur-Arguenon, à une vingtaine de kilomètres de là. Ils pensèrent que leur père avait raison, pour une fois : le mot *tortillard* était, en effet, plus clair, plus joli et même plus poétique que *TER*, qui ne voulait rien dire.

Petite, la gare de Neuilly-sur-Arguenon avait un certain charme. Seul problème : le parrain des jumeaux n'était pas au rendez-vous. Ce qui était bizarre car, dans la famille, le policier avait la réputation d'être toujours à l'heure et possédait une mémoire d'éléphant. La haute salle des pas perdus était, d'ailleurs, presque vide. Quelques voyageurs penchés sur leur téléphone portable et, assis sur un banc, un vieux prêtre à barbe, vêtu d'une tunique blanche – un missionnaire sans doute. Il avait un thermos à la main et lisait un gros livre. Ses prières du jour, peut-être.

Les jeunes voyageurs ne savaient plus que faire. Leurs parents leur avaient donné beaucoup de conseils, mais ils n'auraient pu imaginer un seul instant que le parrain ne serait pas à la gare pour accueillir leurs jumeaux, puisqu'il n'était jamais en retard.

- Il s'est peut-être trompé de jour, dit Gabrielle.

- À son âge, c'est vrai, on n'a plus le sens du temps, ajouta Hugo. Bon, je vais téléphoner à la maison.

La jumelle secoua la tête en remontant la mèche qui lui descendait sur le front.

- Tu es fou, Hugo ! Maman va se mettre à pleurer. Et papa appellera la police, la presse et peut-être même la présidence de la République. Non, non, surtout pas ! Nous sommes assez grands pour nous débrouiller tout seuls.

Ils étaient déjà venus à Neuilly-sur-Arguenon, mais c'était loin - deux ans plus tôt -, quand ils étaient jeunes. Aujourd'hui, les jumeaux auraient du mal à retrouver la rue des Quatre-Miches. Ils se souvenaient tout juste qu'elle était située en centre de la ville, près d'une église.

Une église ? Bon, c'était un point de départ. Et, justement, il y avait, à l'autre bout de la salle, ce vieux missionnaire alors occupé à refermer son thermos. Ce saint homme, sans doute, pourrait les aider. Tous les abbés se connaissent, puisqu'ils ont le même chef.

- Je vais demander au curé là-bas, dit Hugo.

Gabrielle l'arrêta d'un geste.

- Oh non ! Tu sais bien ce que nous a dit maman : il faut toujours se méfier des barbus.

Hugo eut un sourire.

- Oui, mais là, c'est différent. Les missionnaires ont une barbe pour se protéger du soleil parce qu'ils vivent en Afrique. Au Mali, au Congo ou au Kenya. Ce ne sont donc pas de vrais barbus. La barbe fait partie de leur uniforme, comme leur robe blanche. On les appelle les Pères Blancs. D'ailleurs, tu vois bien que ce brave homme est habitué à la chaleur. Nous sommes en été, mais lui a froid. Il n'arrête pas de boire du café.

- N'empêche... On ferait quand même mieux de téléphoner à maman.

- Non, non, je te dis que c'est un vrai missionnaire. Un saint, en somme.

Sans plus attendre, le garçon traversa la salle et se dirigea vers le religieux.

- Excusez-moi, Monsieur le curé. Ma sœur et moi devons rejoindre notre parrain, rue des Quatre-Miches, et...

Le garçon s'arrêta soudain et éclata d'un grand rire.

- Parrain ! C'est toi, parrain ?

Jean-Charles Martin enleva ses grosses lunettes, arracha sa barbe d'un geste et la fit disparaître dans une de ses poches.

- Bienvenue à Neuilly-sur-Arguenon, Hugo. Il t'en a fallu du temps pour me reconnaître ! Ah, ah, je me suis bien amusé !

Le jumeau fit signe à sa sœur de les rejoindre.

- Parrain, c'est parrain !

Leurs parents avaient oublié de rappeler aux enfants que le commissaire de police était connu à Vincennes pour ses farces et aimait se déguiser.

Le faux missionnaire avait déjà filé vers les toilettes. Un sac de toile à la main, il en ressortit trois minutes plus tard habillé en complet veston. Il était, à l'évidence, très fier d'avoir, une fois de plus, trompé son monde.

- Ah, mes enfants, c'est la leçon numéro 1 dans la police : il faut toujours ouvrir l'œil… Il suffit d'un rien pour se transformer en quelqu'un d'autre. Une fausse barbe. Une paire de lunettes. Une *gandoura* – je veux dire cette robe blanche que je portais tout à l'heure. Quand j'étais jeune policier, j'en croisais à Rezé, puisqu'il y avait le petit séminaire des Missions africaines. Mais aujourd'hui, il n'y a presque plus de Pères Blancs en Bretagne. Deux ou trois centenaires peut-être et quelques Pères Blancs africains, qui d'ailleurs maintenant sont noirs. Ce qui aurait dû vous mettre la puce à l'oreille. Donc, mes amis, la conclusion est simple : ni l'habit ni la peau ni la barbe ne font un Père Blanc.

Comme tous les adultes, Jean-Charles Martin se prenait souvent pour un professeur. Il aimait les mots savants, les détails et les dates. Le policier eut envie d'en dire un peu plus sur les missionnaires et de parler du Père de Foucauld, mais il sentit que le sujet n'intéresserait pas beaucoup les enfants.

- Allez, les jumeaux, vous devez avoir faim et soif. La rue des Quatre-Miches n'est pas loin. D'ailleurs, vous pouvez le vérifier sur cette grande carte.

D'un geste, il montra sur le mur d'en face le vaste plan où figuraient les principaux monuments de la ville.

- Voyez, c'est près de cette église, là à gauche. Nous y serons dans huit minutes. En route !

Il vérifia qu'il avait bien le sac de toile où se trouvait son thermos. L'instant d'après, tous trois se retrouvaient sur le trottoir.

- Au temps jadis, reprit le policier, il y avait beaucoup de monde devant cette gare, en particulier des cochers. Dans leur voiture à cheval, ils conduisaient les voyageurs au centre de la ville. C'est beaucoup plus calme aujourd'hui, hélas. Presque plus de voyageurs, et donc plus du tout de chevaux.

Il alluma une cigarette avant de poursuivre.

- Les gens préfèrent la voiture. Eh bien, pas moi. Je déteste la vitesse. Ça ne sert à rien et, en plus, ça empêche de lire un bon livre ou de regarder le paysage. Moi, je préfère les chevaux aux TGV. Ces animaux, au moins, n'empoisonnent pas l'air.

- Comme certains fumeurs, grogna une vieille dame parfumée à l'eau de Cologne, qui ronchonna on ne sait quoi avant de monter dans un taxi.

Les jumeaux sourirent en même temps. Les adultes étaient tous les mêmes.

- Enfin, parrain, dit Hugo, c'est grâce à la vitesse qu'on a pu aller sur la lune... Personne n'y est jamais allé à cheval...

Mais un policier veut toujours avoir le dernier mot.

- C'est parce que personne n'a essayé ! Il n'est donc pas prouvé qu'un cheval ne peut pas aller sur la lune... Et, de toute façon, à quoi cela servirait-il d'aller sur la lune ? Rien à voir, là-haut, rien à faire et même rien à boire. Pas un seul bar.

Il sortit une vieille montre de sa poche.

- Ce qui, rien que d'y penser, me donne soif... Plus vite, les enfants, plus vite ! C'est bientôt l'heure de mon sirop contre la tension. Je vous ai préparé un bon jus de pamplemousse fait maison – une de mes spécialités avec l'œuf à la coque. Oh, je ne toucherai pas moi-même au pamplemousse, car j'ai trop de tension et, du reste, je suis, depuis longtemps, allergique à l'eau. Les médecins m'ont aussi interdit le réglisse. D'un autre côté, les gens de mon âge doivent s'hydrater… Je trinquerai donc avec vous, mais avec le verre de gin qui fera passer mon médicament. Au moins, le gin est une boisson bien française.

Il s'arrêta un instant avant de reprendre.

- Où en étais-je ? Ah oui, une boisson bien française. Oui, oui, c'est le cas… Alors que le mot *pamplemousse* vient du hollandais *pompelmoes*, *gin* vient du français *genièvre* ou, si vous préférez, du latin…
- *Juniperus* ! s'écrièrent en chœur Gabrielle et Hugo.

Le parrain eut l'air surpris.

- Tiens, vous savez cela ? On n'apprend pourtant plus le latin à l'école de la République, grogna-t-il en se grattant la tête.
- Mais c'est toi, parrain, qui nous l'a dit à Noël, lors de ton passage à Paris, il y a quelques mois. Tu avais même apporté ta bouteille de *juniperus*.

Philippe Martin se gratta la tête.

- Ah bon. Je ne m'en souviens pas… Comme quoi, je vieillis, les enfants. Je perds la mémoire. La tension ou le café, sans doute.

- Ou peut-être tes médicaments, suggéra Hugo.

*

– Neuilly-sur-Arguenon, précisa Jean-Charles Martin en passant le monument aux morts, est une ville médiévale. Une des plus belles de France.

- Ça veut dire quoi, *médiéval* ? demanda Gabrielle.

- Ça veut dire que ça date du Moyen Âge… Une époque interminable, puisque, au pif, elle a duré mille ans.

- De quand à quand, parrain ? demanda Hugo. Je ne suis pas très bon en Histoire.

- Et c'est quoi, un *pif* ? fit Gabrielle.

Jean-Charles Martin s'arrêta un instant, comme s'il cherchait son inspiration.

- Le pif ? C'est le nez, l'organe essentiel d'un bon policier. Les dates du Moyen Âge ? Oh, ça dépend des historiens et des pays. Disons, pour simplifier, de la fin de l'Empire romain à la découverte de l'Amérique, mais ça se discute, paraît-il. Quand on dit que Neuilly-sur-Arguenon est une ville médiévale, c'est une façon de parler. La cité est sans doute née à l'époque romaine. Du Moyen Âge, il reste, en réalité, peu de pierres...

Il chercha son souffle avant de continuer sa leçon.

- Bon, reprit-il, nous avons un château, des remparts, des pavés, une tour de l'Horloge, l'ancien couvent des Cordeliers, que sais-je encore ? Bon, c'est vrai, il s'est passé beaucoup de choses ici durant le Moyen Âge.

Du Guesclin et la guerre de Cent Ans, par exemple. Et le plan du centre-ville reste médiéval… Mais je vous ennuie avec tous ces détails, et d'ailleurs nous sommes arrivés chez moi, rue des Quatre-Miches.

- C'est quoi, une miche ? demanda Gabrielle.

Le parrain fit d'abord semblant de ne pas avoir entendu. Répondre dans le détail à cette question de sa filleule pourrait lui attirer de sérieux ennuis. Il décida de ne pas trop en dire.

- Hum, le mot peut avoir plusieurs sens… En ce qui concerne ma rue, je pense que *miche*, mot qui existait déjà au Moyen Âge, veut dire un pain. D'ailleurs, la rue d'à-côté s'appelle la rue de la Boulangerie. Ce ne peut pas être un hasard.

Il préféra se concentrer sur la grosse clef qu'il sortait de sa poche pour la glisser dans la serrure de son appartement.

- Avant de pousser la porte, mes amis, je voudrais vous signaler cette grande maison, à quelques pas. C'est là que vivaient des Anglais très connus, la famille d'Horatio Kitchener.

- Jamais entendu parler, fit Hugo.

- Mais si, corrigea Gabrielle. Maman parle toujours de la *kitchenette* de tata Tamara – tu sais, parrain, sa sœur un peu folle qui vit à Saint-Mandé. Seulement, moi, je m'y perds. Je ne vois pas le rapport avec ces Anglais de Neuilly-sur-Arguenon.

Jean-Charles Martin poussa la porte, et une bonne odeur de saucisse les saisit tous à la gorge.

- Vous êtes beaucoup trop jeunes pour savoir qui était Lord Kitchener ! répondit le parrain en ouvrant grand la fenêtre. Mais ce nom est encore très connu en Angleterre. Retenez qu'il était ministre de la Guerre de 1914 à 1916.

- Ministre de la Guerre ? Brr… Il est enterré dans le coin ? demanda Gabrielle. Elle aimait se promener dans les cimetières, où elle volait des fleurs pour les offrir à sa mère, qui la remerciait alors en pleurant à chaudes larmes.

- Enterré ? Non, Gabrielle, ce pauvre Kitchener est mort en mer, en 1916, au large de l'Écosse. On n'a pas retrouvé le corps. Mais une partie de sa famille est enterrée au cimetière de Neuilly-sur-Arguenon… Allez, les enfants, laissons les Kitchener reposer en paix. Votre pamplemousse vous attend, et moi c'est l'heure de mon sirop.

Il se laissa tomber sur un fauteuil, ouvrit son sac et prit son thermos. Puis, d'une de ses poches de son gilet, il ressortit sa grosse montre attachée à une chaîne en argent.

- Mon sirop d'abord, si vous le permettez, les enfants. Mon médecin est très strict sur les horaires. Quatorze heures ! Ni avant, ni après. *Tic-tac, tic-tac.* Là, je suis déjà un peu en retard et je risque un AVC.

- Un quoi ? s'écrièrent en chœur Gabrielle et Hugo.

- AVC. Accident vasculaire cérébral. Autrement dit, un gros problème dans le cerveau. Et plouf ! Une attaque, comme on disait jadis… Pas drôle, croyez-moi. Presque tous mes collègues sont morts d'un AVC. Bon, dès que j'aurai repris mon souffle, je vous servirai votre jus de pamplemousse. Ou, mieux encore, puisque vous ne me paraissez pas trop fatigués : allez donc le chercher vous-mêmes. Il vous attend dans le frigo...

Il sortit de sa poche un mouchoir en papier et fit semblant de pleurer.

- Ah, que c'est triste de vieillir ! Allez, les Parisiens, filez dans la cuisine ! Et nous mangerons de bonnes galettes dans une demi-heure. J'ai chargé mon ami Philippe Morvan d'en acheter à votre intention, à la crêperie de la Grand'Rue. Un historien. Il sera là d'une minute à l'autre.

Il déboucha son thermos dès que les jumeaux se furent éloignés.

Chapitre 2

Gabrielle et Hugo ne savaient pas trop ce qu'était un historien, même si leurs professeurs leur donnaient, de temps à autre, ce qu'ils appelaient des *notions d'Histoire.* Difficile de savoir, quand on a dix ans, ce que sont des *notions*, et encore plus de comprendre s'il y avait une différence entre raconter des histoires et être historien. Peut-être, en réalité, n'y en avait-il aucune, mais il était évident pour les enfants qu'un historien était quelqu'un qui connaissait les choses du passé. Celles de leurs lointains amis les dinosaures – les jumeaux s'intéressaient beaucoup à ces animaux -, celles des constructeurs des pyramides d'Égypte, des poseurs de dolmens et de menhirs de Bretagne, ainsi que celles des rois et des reines, de la Révolution française et des poilus de la Grande Guerre de 14-18. Ils s'attendaient donc à voir apparaître un savant à barbe blanche portant de gros livres dans un grand sac. Un homme ennuyeux, sans aucun doute, et qui leur donnerait des informations sur des sujets qui ne les intéresseraient pas du tout.

Ils furent surpris de constater que l'image qu'ils se faisaient des historiens n'était pas la bonne. Philippe Morvan était âgé, bien sûr : il avait la cinquantaine, autant dire qu'il était presque centenaire, mais il ne portait pas la barbe. Au lieu d'être habillé d'un élégant complet-veston, il se contentait d'un T-shirt d'un rouge éclatant et portait une paire de shorts anglais qui lui descendait aux genoux. Des tennis usés, qui dataient sans doute de l'époque des derniers dinosaures, complétaient le tableau.

L'historien déposa son paquet de galettes fraîches sur la table de la cuisine. Il avait déjà reçu à Neuilly-sur-Arguenon Gabrielle et Hugo, plusieurs années plus tôt, mais les jumeaux, eux, n'en avaient gardé aucun souvenir.

- Ah, mes enfants, s'exclama le parrain, je vous présente mon meilleur ami, un des plus grands historiens français, le Professeur Morvan. Il est né en Syrie et retourne en Orient tous les ans, car il y dirige des fouilles à Karkemish, une bourgade aujourd'hui en Turquie, près de la frontière avec la Syrie… Bref, il n'est pas seulement historien, mais archéologue.
- Des fouilles ? demanda Hugo.

Le parrain hésita un instant avant de répondre. Il espérait que le Professeur Morvan viendrait l'aider, mais celui-ci mettait la table et ne souhaitait pas parler.

- Hum, répondit finalement le parrain, quand les archéologues veulent découvrir des souvenirs du passé, ils grattent la terre avec des petites cuillères. Ce qui leur permet de trouver des objets – des vases, des bracelets, des pièces de monnaie, parfois même des messages écrits par des habitants il y a vingt mille ans.

- Hum, un peu moins tout de même, corrigea l'historien en disposant des verres sur la table. Il y a vingt mille ans, ce que nous appelons l'écriture n'était pas inventée. Cela dit, même avant cela, les gens laissaient parfois des messages sur les murs des grottes. À Lascaux ou à Chauvet, par exemple. Pas des messages écrits, bien sûr, mais des dessins, qui représentaient des animaux et des mains. On appelle cela les peintures pariétales.

- Jamais entendu ce mot, murmura Gabrielle. Si vous pouviez parler la langue de tous les jours…

Le Professeur Morvan haussa les épaules.

- Il n'y a pas d'âge pour apprendre le français et croyez-moi, les enfants, c'est en lisant qu'on devient savant, pas en pianotant sur un écran d'ordinateur.

L'homme poussa un soupir.

- Vous croyez que les Égyptiens avaient un ordinateur pour construire leurs pyramides ? Bon, où en étais-je ? Ah oui, les grottes de Lascaux et les peintures pariétales. Eh bien, *pariétal* vient du mot *parois.* Autrement dit, nos lointains ancêtres dessinaient sur les parois, c'est-à-dire sur les murs.

- Un peu comme les rigolos à capuches qui font des tags partout ? demanda Hugo.

L'historien ne put s'empêcher de sourire. L'idée du garçon n'était pas idiote, loin de là.

- Si tu veux, sauf que ces gens du passé ne laissaient pas des dessins partout. Seulement sur les parois des grottes.

Le parrain consulta sa montre.

- Eh là, les historiens, il faut songer à se mettre à table ! Les galettes sont meilleures quand elles sont bien fraîches. Et comment voulez-vous les vôtres ?
- Œuf fromage, demanda Hugo.
- Fromage œuf pour moi, précisa Gabrielle.
- Et pour toi, Jean-Charles ? dit l'historien en se tournant vers le commissaire de Vincennes.
- Tu connais la réponse, mon cher. Pour moi, ce sera comme d'habitude, une *robiquette*. J'ai cuit les saucisses ce matin avant de filer à la gare, car ça prend du temps. Il suffira de les réchauffer un peu.

L'archéologue repartit vers la cuisine.

- C'est quoi une… *robinette* ? interrogea Hugo.
- Une *robiquette*, corrigea le parrain, c'est une vraie galette-saucisse. Galette de sarrasin et saucisse de porc. Rien d'autre surtout, sinon – mais ça se discute - un doigt de moutarde – un peu de moutarde si tu préfères le français de tous les jours. À manger sur le pouce, si j'ose dire. Et debout, de préférence… Pas de complet bonheur sans robiquettes, tout le monde sait cela.

- Tout le monde peut-être, mais pas nous ! s'exclamèrent en chœur Hugo et Gabrielle.

- Vous êtes parisiens, ça se voit ! Mais attention, pas n'importe quelle galette-saucisse, précisa l'historien. Les meilleures sont celles de Neuilly-sur-Arguenon et de Rennes. On en trouve d'excellentes au marché des Lices, le samedi. Et pas un match du Stade rennais sans robiquettes. Le nom *robiquette* vient de Saint-Grégoire. Ce fut un nom de lieu avant de devenir un restaurant très connu. Les Rennais allaient à Saint-Grégoire le dimanche, à pied ou en vedette, pour y déguster ce délice des dieux avant d'aller danser sous les tonnelles.

S'interdisant d'expliquer ce qu'était une tonnelle, il s'arrêta un instant avant de livrer une dernière information.

- Si je partage mon temps entre Paris et Neuilly-sur-Arguenon, c'est pour les galettes-saucisses… Et, en plus, ça me rappelle d'autres galettes, celles de mon enfance en Syrie, faites avec du blé noir, qu'on appelle aussi sarrasin.

- Ah, vous allez en apprendre des mots utiles avec le Professeur Morvan, s'amusa le parrain.

L'historien parut contrarié.

- Encore un instant, un bref instant. Mon cours n'est pas terminé.

Il se tourna vers les jumeaux.

- En vieux-français du Moyen Âge, reprit-il, *sarrasin* voulait dire *oriental.* On employait le mot pour les habitants du Proche-Orient, surtout ceux d'Arabie. Et comme je suis né en Syrie, on peut donc dire que je suis un vrai Sarrasin… Au fait, vous connaissez *La Chanson de Roland* ?

- Je n'aime pas les chansons, fit savoir Gabrielle.

- Maman les déteste, parce qu'elles sont presque toutes en anglais, précisa Hugo. Sauf *Le Temps des cerises*, qu'elle nous chante, une fois par an, pour son anniversaire.

L'historien hocha la tête.

- *Le Temps des cerises* ? dit-il avec tristesse. Ah, je me demande vraiment ce que vous apprenez à l'école. Tous les enfants devraient connaître par cœur *La Chanson de Roland.*

- Peut-être, mais Maman ne la chante jamais, regretta Hugo. Dommage, car elle a une très belle voix.

Mais personne n'écoutait plus. Il fallait désormais se mettre aux choses sérieuses, avaler le jus de pamplemousse et déguster les galettes de sarrasin. Venant de la cuisine, une bonne odeur de friture se répandait dans la pièce. Le Professeur Morvan réchauffait les saucisses.

*

Le paquet de galettes avait fondu comme neige au soleil. Et quand la vaisselle fut faite, le parrain reprit le contrôle des opérations. Il réunit tout le monde autour de la table et prit un air grave.

- Je ne vous cacherai pas que vous tombez mal, les enfants. Oh, rassurez-vous je suis très heureux de vous revoir, mais j'ai reçu hier soir de mauvaises nouvelles.

- Quelqu'un est tombé malade ? demanda Gabrielle.

Jean-Charles Martin hocha la tête, et son ami l'historien l'imita.

- Pour que vous me compreniez, reprit le parrain, il va falloir faire un peu d'Histoire.

- Oh, nous ne sommes pas très bons en Histoire, fit Hugo, mais nous avons quelques… quelques…

- Quelques *notions*, souffla sa sœur.

Le parrain eut un sourire.

- Parfait. Ces *notions* suffiront. En cas de besoin, vous avez là, tout près de vous, un des plus grands historiens de la Sorbonne.

Celui-ci prit un air modeste.

- Oh, n'exagérons pas, mais continue, Jean-Charles, continue !

Le commissaire de police sortit un dossier d'un tiroir et le montra à ses filleuls.

- Voilà tout résumé en deux cents pages.
- Il va falloir les lire toutes ? s'inquiéta Gabrielle.
- Non, mon enfant, je vais vous résumer ce résumé... Ce dossier secret, et même *top-secret*, s'appelle *La Dame blanche.* Mais je passe la parole à notre ami l'historien, qui va nous en dire plus.

Philippe Morvan eut un large sourire. Même en vacances, il adorait parler.

- Oh, c'est facile à expliquer, et votre parrain pourrait le faire mieux que moi. Mais puisqu'il semble insister... Bon, voilà... Depuis des siècles on assiste en Europe, mais aussi dans des pays plus lointains, à un étrange phénomène : l'apparition, en pleine nuit, d'une dame entièrement vêtue de blanc. En général, la visiteuse ne dit rien ou pas grand-chose. Puis elle disparaît.
- Ah, un fantôme ! Mais, Monsieur le Professeur, notre père nous l'a dit et redit : les fantômes n'existent pas ! s'écria Hugo.

L'historien hocha la tête.

- C'est ce que j'ai longtemps pensé, moi aussi. Mais il y a des détails étranges, qui donnent à réfléchir. Tout d'abord ceci : la plupart des Dames Blanches apparaissent à l'intérieur ou tout près d'un château médiéval. Une de ces visiteuses vêtues de blanc vivait dans le château de Wittigny, à Saint-Jean-des-Champs. Autrement dit, à une dizaine de kilomètres de Neuilly-sur-Arguenon.

- Elle existe encore, cette dame ?

L'historien fit la grimace.

- Difficile à dire. Ces dames n'en font qu'à leur tête. Elles vont et viennent. Elles peuvent apparaître pendant des dizaines d'années puis, soudain, on n'en entend plus parler pendant deux cents ans. Celle du château de Wittigny a été très active jadis, mais elle semble avoir pris des vacances depuis une centaine d'années. Ce qui ne veut pas dire qu'elle ne reviendra pas un jour. Restent les faits. Pour Wittigny, tout semble être parti d'une découverte faite par des soldats vers la fin du 18e siècle, découverte dont une revue du pays de Neuilly-sur-Arguenon parle dans un article de 1836. Cette découverte, c'était celle du squelette d'une femme enfermée dans une des pièces du château et sans doute morte de faim. Certains prétendent qu'il s'agissait de l'épouse d'un des seigneurs de Wittigny. Et cette femme reprit vie, en quelque sorte, mais sous la forme d'une Dame Blanche. Beaucoup de gens du coin disent l'avoir vue. Des gens très sérieux m'ont affirmé l'avoir aperçue dans les années 1950.

L'historien s'arrêta le temps d'avaler un peu d'eau, puis reprit son récit.

- Cela dit, les histoires de Dames Blanches ne deviennent populaires que lorsqu'un écrivain décide d'en faire un roman. Ce qui fait qu'on ne sait jamais très bien si ce sont les faits qui ont donné naissance au roman ou si, au contraire, c'est le roman qui est à l'origine de la légende.

Le professeur s'arrêta de nouveau et alluma une cigarette.

- On connaît, reprit-il, le même phénomène avec les histoires de vampires – vous savez, les suceurs de sang – comme ce fut le cas dans *Le Château des Carpathes* de Jules Verne, en 1892, et, surtout, *Dracula* de Bram Stocker, en 1897. Notez, d'ailleurs, les points communs : la fin du 19e siècle avec un château médiéval, de mystérieuses apparitions pendant la nuit et des personnages qui ne meurent vraiment jamais, qu'il s'agisse d'une Dame Blanche ou d'un vampire.
- Et pour la Dame Blanche de Wittigny ? demanda Hugo.
- Dans le cas de Wittigny, il y a eu deux romans, que l'on trouve toujours en librairie, près d'un siècle et demi après leur publication : *Patira*, en 1875, et sa suite, *Le Trésor de l'abbaye*, l'année suivante. L'abbaye dont il est question ici était celle de Léhon, à deux pas de Neuilly-sur-Arguenon, sur les bords de la rivière. Une abbaye – ou un monastère, si vous préférez – c'est là où vivent des moines.

Il alla fermer la fenêtre pour limiter le bruit des voitures dans la rue des Quatre-Miches. Il préférait celui des chevaux sur les pavés.

- Bon, revenons à *Patira* et au *Trésor de l'abbaye*. L'auteur de ces romans s'appelait Raoul de Navery. Raoul, un prénom médiéval... Un homme, penserez-vous en pensant au roi Raoul du 10e siècle. Eh bien, non, ce Raoul était une femme du sud de la région, qui voulait être prise pour un homme.

- Mais comment vous êtes-vous intéressé à tout cela ? demanda Hugo. Les fantômes, les Dames Blanches ou les vampires sont des légendes, pas de l'Histoire !

- Ta remarque est pleine de bon sens, j'en conviens... Tu es fait pour devenir historien. Eh bien, figure-toi, Hugo, que je n'ai pas découvert la Dame Blanche de Wittigny en France, mais en Turquie.

L'archéologue décida d'ouvrir ici une parenthèse.

- Oui, je suis né en Syrie, où mon père enseignait le français dans un lycée de Damas. Même aujourd'hui, je retourne au Proche-Orient une fois par an pour des fouilles. Or, un jour, j'ai découvert là-bas – à Karkemish pour être précis - une sacoche de cuir où se trouvaient divers papiers et surtout un dessin, celui du château de Wittigny. Certains documents prouvaient, à l'évidence, que la sacoche appartenait au célèbre Lawrence d'Arabie.

- Celui du film ? intervint Gabrielle qui, comme sa mère, était passionnée de cinéma.

- Oui, celui du film. Rien d'étonnant si j'ai croisé la trace de Lawrence d'Arabie en Orient, puisqu'il a été archéologue à Karkemish dans les années 1911-1914. Et avant cela – avouez que c'est à peine croyable – savez-vous où il vivait ? À vingt kilomètres d'ici, à Dinard, où il est même allé à l'école. Il se promenait dans le coin, à bicyclette, pour y dessiner des châteaux médiévaux. Il adorait Neuilly-sur-Arguenon et, surtout, la rue du Jerzual. Rien de surprenant donc qu'il se soit intéressé à Wittigny.

- Mais quel est le lien avec la Dame Blanche ? demanda Hugo, qui ne perdait jamais le nord.

- Une lettre… Une lettre signée d'un Père Blanc, le révérend père Patru de la Lainerie, par ailleurs grand spécialiste des langues d'Orient, qui, à la fin de sa vie, habitait au Maroc, à Marrakech. Ce missionnaire et mon père avaient été élèves au lycée Clémenceau de Nantes, et toute leur vie, ils ont gardé le contact.

L'historien écrasa sa cigarette avant de continuer. Il avait un peu honte de fumer devant des enfants, alors que le rôle des adultes est de donner le bon exemple. Mais même les savants ont droit à quelques défauts.

- Dans cette fameuse lettre, reprit-il, ce Père Blanc, se sachant très malade, informait mon père qu'il avait en sa possession un document mystérieux. On y donnait l'endroit précis où un de ses ancêtres bretons avait un jour caché une trentaine de lingots d'or. Une fortune dont j'ignore l'origine… Le missionnaire ne tenait pas, bien sûr, à ce qu'elle tombe entre les mains de gens malhonnêtes.

- Des lingots d'or ? s'écrièrent en chœur Gabrielle et Hugo.

L'historien expliqua que, pour autant, les choses étaient bien compliquées. Le Père Blanc de Marrakech, qui ne s'intéressait pas du tout à l'argent, donnait l'endroit où se trouvaient les lingots. Par précaution, cependant, il avait utilisé une langue inconnue, promettant qu'il en dirait plus dans un prochain courrier, qui n'arriva jamais, car le missionnaire mourut plus tôt que prévu.

- Et donc, vous ne savez toujours pas où se trouve ce trésor ? intervint Hugo.

L'historien eut un sourire qui en disait long.

- Si, je le sais depuis une semaine, car j'ai enfin la traduction du document. Il m'a fallu des années pour découvrir que le texte était écrit en tokharien, une langue parlée au Turkestan chinois... Et nous irons tous ensemble mettre la main sur ce trésor.
- Mais parrain disait qu'il avait appris une mauvaise nouvelle hier soir, reprit Hugo.

L'historien fit la grimace.

- Oui, une très mauvaise nouvelle même... J'ai appris qu'une copie de la traduction a été volée, il y a quelques jours, dans mon bureau de la Sorbonne. Par qui ? Nous l'ignorons. Ce qui veut dire qu'il n'y a pas une journée à perdre. Le trésor qui nous attend se trouve sur les bords de la Blanchère, au château du Guénan.

Morvan prit soudain sa veste et quitta l'appartement sans rien dire.

- C'est où, la Blanchère ? demanda Gabrielle.
- La Blanchère est un petit fleuve côtier d'une cinquantaine de kilomètres, à l'ouest de Neuilly-sur-Arguenon. Elle se jette dans la mer, du côté de Saint-Jacques. Vous en saurez plus ce soir, puisque nous y passerons la nuit. J'ai tout préparé. Tentes, couvertures, nourriture, lampes-torches. Il faudra être prudent, car les ruines du château peuvent être dangereuses, surtout la nuit.
- Je prendrai aussi une arme, assura le parrain.
- Et ça coûte combien, un lingot d'or ? demanda Hugo, qui rêvait d'aller en Chine.
- Oh, cela dépend de bien des choses… Environ 35 000 euros le lingot d'un kilo.
- Ah oui, quand même, dit Gabrielle qui se prenait à rêver.
- L'essentiel est de ne pas oublier mon sirop contre la tension, répéta le parrain. L'argent, moi, ne m'intéresse pas. Si nous trouvons le trésor, nous le donnerons à un orphelinat de l'Inde.

Chapitre 3

Les jumeaux avaient dû se lever très tôt ce matin-là pour aller à la gare Montparnasse. Le parrain décida donc qu'une courte sieste était plus que jamais nécessaire. Sans protester, les enfants se laissèrent tomber dans leur lit et dormirent d'un profond sommeil pendant une demi-heure. À nouveau frais et dispos, ils auraient aimé se promener un peu dans la ville, mais le parrain leur rappela qu'ils avaient un tout autre programme : se rendre au château du Guénan.

- Mais, précisa le commissaire, je ne veux pas arriver trop tôt là-bas. Nous aurons donc tout le temps qu'il faut pour visiter Corseul et le pays des Coriosolites.

La question qu'il attendait arriva aussitôt.

- C'est quoi, parrain, un… Coriosolite ?
- L'historien, c'est Morvan, pas moi ! Mais il vient de sortir faire des courses… Alors, il faudra vous contenter d'un policier. Mais un instant, s'il vous plaît, c'est l'heure, *tic-tac tic-tac*, de mon sirop contre la tension.

Il fila vers la cuisine mais ne tarda pas à revenir. Il s'assit sur le canapé, et les jumeaux le rejoignirent.

- Bon, je vais faire court : les Coriosolites étaient des Gaulois vivant dans ce qu'on appelait l'Armorique – la Bretagne, si vous préférez, mais il n'y avait pas encore beaucoup de Bretons dans le coin. Et si on connaît assez bien les Coriosolites, c'est grâce à un grand écrivain qui écrivait en latin. Un Romain du nom de Jules César…
- À l'époque des dinosaures ? demanda Hugo.

Le parrain eut un sourire.

- Euh, pas vraiment… Disons soixante-six millions d'années plus tard, à l'époque de Jésus et de l'Empire romain. Non, les Coriosolites et l'Empire romain c'était il y a deux mille ans. Hier, en somme.
- Ah oui, on connaît l'Empire romain ! Nous avons à la maison toutes les aventures d'Astérix, fit Gabrielle.
- Parfait ! Alors, vous savez déjà que Jules César était beaucoup de choses à la fois. Écrivain, homme politique et général. C'est lui qui a conquis l'ouest de la Gaule. Comme il aimait écrire, il a raconté ses victoires militaires dans un livre, *La Guerre des Gaules*. Le pays de Corseul – celui des Coriosolites - l'intéressait beaucoup, parce qu'il était bien situé, tout près de la Manche. Et il y avait déjà quelques vraies routes, que les Romains par la suite ont améliorées. Ce sont les fameuses les *voies romaines*, qui permettaient, par exemple, d'aller de Corseul à Rome. Aujourd'hui comme hier, tous les chemins, c'est bien connu, mènent à Rome… Peu à peu, les Coriosolites se sont mis à parler latin, mais un latin populaire qui, quelques siècles plus tard, allait devenir le français.

Le pays de Corseul a fait partie de l'Empire romain pendant trois ou quatre cents ans… Bon, fin du cours ! C'est l'heure de la récréation.

Il s'arrêta et avala d'un trait quelques gouttes de sirop.

- Merci pour ces notions d'Histoire, murmura Gabrielle au moment où le porteur de shorts revenait de sa course, avec un sac lourdement chargé.

- Excusez-moi, fit l'archéologue, je suis tombé sur quelques vieux livres sur l'Orient. Je n'ai pas plus m'empêcher de les acheter. Un peu chers, j'en conviens, mais, après tout, je n'ai pas d'enfants à élever et je m'habille chez les chiffonniers d'Emmaüs… Bon, ma voiture nous attend dans la rue.

Jean-Charles Martin consulta sa montre.

- Le temps file, mes amis. Départ dans un quart d'heure. J'ai deux ou trois choses à vous montrer avant d'arriver aux Deux-Ponts, sur les bords de la Blanchère.

*

Si elle ne remontait pas aux derniers dinosaures, la voiture du Professeur Morvan n'était cependant pas d'une extrême jeunesse. C'était une Fiat 1400, construite au début des années 1950. Il l'avait achetée d'occasion en 1986 et retapée avec amour, pièce après pièce. Le véhicule avait eu une longue carrière en Inde, puis au Kenya, avant de se reposer quatre ans à Djibouti puis au Mans, où son propriétaire rendit l'âme, alors que Morvan faisait ses premières fouilles près du camp d'Auvours. Il était impossible de dire la couleur du véhicule. Elle semblait hésiter entre un bleu délavé et un gris souris. Mais le moteur, dix fois changé il est vrai, tournait encore comme une horloge suisse. Ce qui semblait indiquer qu'on peut être professeur à la Sorbonne, vivre en short et se montrer excellent mécanicien.

La vérité était que Morvan était ce qu'on appelle un homme-orchestre : il avait tous les dons et pouvait jouer de tous les instruments, du banjo à la clef à molette, du piano à l'ordinateur. Il se sentait chez lui à Karkemish et à la Sorbonne et parlait aussi bien l'arabe et le turc de Karkemish que le patois du pays de Neuilly-sur-Arguenon, langue qu'il était même sans doute le seul à bien connaître. Son seul défaut était de s'habiller comme un clochard, ce qui lui valait parfois quelques ennuis. Il ne mettait une cravate et un complet-veston qu'aux enterrements.

La voiture démarra sur les chapeaux de roue et traversa le centre de Neuilly-sur-Arguenon à bonne allure.

- Vous voyez ce grand mur à gauche ? demanda le parrain. Il s'agit des Bas-Foins, un ancien hôpital psychiatrique. Quand il a ouvert ses portes vers 1836, on appelait ces maisons des *hospices pour aliénés.*

- C'est quoi, des *aliénés* ? demanda Gabrielle.

Jean-Charles Marin hésita à répondre. Il était prudent de ne pas utiliser certains mots avec les enfants.

- Hum, des gens différents. Un peu bizarres, si vous préférez, dit-il.
- Ah, comme le Professeur Morvan avec son short ? fit le garçon.
- Non, non, c'est même le contraire. Lui, c'est un surdoué. La preuve : il travaille à la Sorbonne.

Il n'avait pas oublié la question de Gabrielle (« C'est quoi, des aliénés ? »). Il essaya de trouver une explication facile et choisit la vieille expression qu'employait parfois sa grand-mère Léonie.

- Bon, les aliénés étaient des malades, de pauvres gens qui *ondulaient de la toiture*. Vous demanderez à vos parents de vous expliquer cette expression. Moi, avec ma tension, un rien me fatigue...

Il prit son inspiration avant de poursuivre.

- De toute façon, l'asile des Bas-Foins n'existe plus vraiment, mais il a joué un certain rôle dans l'Histoire de Neuilly-sur-Arguenon. Il était dirigé par des religieux, les Frères de Saint-Jean-de-Dieu.
- Un Breton de Neuilly-sur-Arguenon, ce Jean de Dieu ? demanda Gabrielle.
- Non, un Portugais né à la fin du 15e siècle. Mais il vécut aussi en Espagne, au Maroc et à Gibraltar. Alors qu'il

avait quarante ans, il devint de plus en plus bizarre, et il fallut l'enfermer dans un hôpital parmi les gens qui perdaient la tête. Pas drôle à cette époque… Non sans mal, ce brave homme réussit à sortir et consacra alors sa vie aux aliénés et aux pauvres. Il est mort à l'âge de cinquante ans, mais ceux qui l'aimaient ne l'oublièrent pas. Alors, ils créèrent de grands hôpitaux où travaillaient ceux qui étaient devenus les Frères de Saint-Jean-de-Dieu. De toute façon, il n'y avait guère, pendant des siècles, que les religieux et les religieuses à s'occuper des malades en France. Et c'est pourquoi beaucoup de grands hôpitaux s'appelaient – ou s'appellent encore - l'Hôtel-Dieu.

Jean-Charles Martin n'était pas professeur, mais, en bon policier, il aimait parler et faire parler.

- À peu près à la même époque que les Bas-Foins, reprit-il, les Frères de Saint-Jean-de-Dieu ouvrirent à Paris la célèbre clinique Oudinot, près des Invalides. Celle-ci existe toujours, alors que les Bas-Foins, eux, viennent de fermer après 178 ans de bons services…

De la main, il montra une construction sur la gauche.

- Ah, voici qui est intéressant, mes amis : un vieux moulin. Profitez de cette image rare, car il n'y presque plus de moulins en Bretagne... Bon, voici que nous quittons Neuilly-sur-Arguenon. En route pour Les Deux-Ponts !

À son volant, concentré sur sa conduite, l'historien Philippe Morvan ne desserrait plus les dents, comme s'il était seul dans la voiture. « Il est un peu *ouf* », chuchota Gabrielle en profitant du bruit d'un gros camion qui peinait dans la côte. « *Ouf*, je ne sais pas, mais c'est vrai qu'il déraille plus souvent que les trains ! », répondit Hugo.

*

Quelques kilomètres plus loin, le chauffeur ralentit, mit son clignotant sur la gauche et, peu après, la Fiat s'arrêtait devant une étrange construction, à l'évidence très vieille puisqu'il lui manquait beaucoup de pierres. Le parrain, consultant sa montre, sembla satisfait.

- Ah, voilà qui méritait le voyage, déclara Morvan.

Le moteur éteint, le surdoué de l'archéologie était prêt à donner une nouvelle conférence.

- Regardez bien, les enfants. Nous sommes ici devant ce que les gens du coin appellent le temple de Mars. Très rare, encore plus rare que les moulins. Construit au 1er siècle. Il y a des années que je me promets d'y faire des fouilles. Plus facile pour moi d'aller travailler à Karkemish, car la France est la France. Il manque toujours un ou deux papiers.

Il s'apprêtait à poursuivre quand un visiteur apparut, casquette sur le crâne et fusil à l'épaule. L'homme de petite taille se dirigea vers les visiteurs en boitant. Il se présenta.

- Jacques Le Menn, conservateur du musée du musée gallo-romain du pays de la Blanchère, le MGRPB. Enfin, je devrais dire futur conservateur. Pour l'heure, je n'ai ni bureau ni secrétaire. Et pas dix euros de crédits. Ce qui, d'ailleurs, est scandaleux. Tout l'argent de l'État va au sport et à l'informatique.

Morvan se présenta à son tour. Ce qui amena un large sourire chez le futur conservateur du musée.

- Ah, vous êtes le célèbre archéologue de la Sorbonne ? On parle souvent de vous dans les livres sur Lawrence d'Arabie. Très honoré, Professeur, très honoré.
- Et voici le commissaire Martin…

Le Menn eut un large sourire.

- Ah, enfin ! Voici que la police se réveille ! Je vous attendais depuis quinze jours, Monsieur le commissaire !
- Et pourquoi m'attendiez-vous, Monsieur le conservateur ?

L'homme haussa les épaules, comme si la réponse était évidente.

- Mais pour la dame, bien sûr. La Dame Blanche.

Il expliqua qu'il avait porté plainte à la gendarmerie quinze jours plus tôt et téléphoné deux fois à la préfecture. Depuis quelques mois, expliqua-t-il, une Dame Blanche apparaissait près du temple de Mars. La presse en avait parlé. Selon un historien du coin, il s'agissait sans aucun doute de la Dame Blanche de Wittigny. Résultat : les touristes ne s'arrêtaient plus à Corseul, car ils avaient peur de faire une mauvaise rencontre. « Jadis, conclut Le Menn, les gens étaient habitués aux Dames Blanches, maintenant ils se sauvent. »

- Mais cette dame, vous l'avez vue vous-même ? demanda le policier.

- Oh oui, trois fois même. C'est impressionnant... Alors, quelques amis et moi avons décidé de monter la garde. On n'est jamais assez prudent. Oh, rassurez-vous, Monsieur le commissaire, il n'y a pas de balles dans mon fusil. D'ailleurs, je déteste les armes à feu. Mais il faut mettre fin à cette histoire à dormir debout. Et puis, zut ! Il y a assez de châteaux dans la région, tout de même : Montafilan, La Tandourie, Le Plessix-Madeuc, La Touche-à-la-Vache et, surtout, Le Guénan. Pourquoi diable s'en prendre au temple de Mars ? Et que va devenir mon projet de musée dans tout cela, je vous le demande ?

- Mars, après tout, était le dieu de la guerre chez les Romains, fit remarquer Morvan.

- Sans doute, sans doute, convint le porteur de fusil. Mais je doute fort que ce temple s'appelait ainsi à l'origine.

- Moi, je croyais que Mars était un chocolat, glissa Gabrielle, faussement naïve.

- Ou une planète, ajouta Hugo. La Dame Blanche est peut-être venue en soucoupe volante.

Le policier – qui, de nouveau, vérifiait l'heure -, décida qu'il était temps d'en finir avec le temple.

- Eh bien, je vous souhaite une nuit très calme, conclut Jean-Charles Martin. Excusez-nous, Monsieur le futur conservateur, mais nous avons tous les quatre un rendez-vous important du côté des Deux-Ponts. Soyez prudent. N'oubliez pas que, quand vient la nuit, les dames, blanches ou pas, ont plus d'un tour dans leur sac.

*

Ayant repris la route principale, la Fiat ne tarda pas à entrer aux Deux-Ponts. Dans la descente qui conduisait au centre de la ville, le parrain montra sur la droite une grande chapelle élevée à la fin du 19e siècle, en haut d'une butte.

- Notre-Dame de Nazareth, fit-il. Oui, Nazareth comme en Israël, la ville où Jésus, dit-on, passa une partie de son enfance. Ici, aux Deux-Ponts, c'est un lieu de pèlerinage depuis 1621. Cette année-là, des ouvriers ont découvert une ancienne statue de la Vierge – une Dame Blanche, en somme. Il y eut, paraît-il, des miracles quand, par exemple, un cheval se mit à genoux devant une fontaine. Le vrai miracle, en réalité, fut la découverte de l'eau des Deux-Ponts qui, en 1928, devint officiellement une « eau minérale » et est aujourd'hui très connue. Excellente, disent les amateurs d'eau… Mais changeons de siècle. Nous allons passer – là, sur la droite – devant la maison où vivait la grand-mère de l'écrivain Chateaubriand. Vous en avez entendu parler, les enfants ?

- Non, jamais ! répondirent en même temps les jumeaux.

Jean-Charles Martin haussa les épaules. Le contraire l'aurait étonné.

- C'est un des plus grands écrivains français, le plus grand peut-être. Il est connu comme le loup blanc. Notez, dans un coin de votre cerveau, qu'il est né à Saint-Malo et avait une grand-mère aux Deux-Ponts. Il a vécu à Combourg et fait ses études à Crignac, Rennes et Neuilly-sur-Arguenon. Et ce géant est un inconnu pour mes filleuls, je crois rêver ! Quelle tristesse, mon Dieu, quelle tristesse ! Les enfants n'apprennent plus rien à l'école.

- Oh si, nous y apprenons beaucoup de choses, corrigea Gabrielle. Le code de la route, l'informatique et le *foot*, et le «vivre-ensemble» par exemple. On étudie même Johnny Halliday.

Le parrain haussa les épaules. « Quelle époque, mon Dieu ! » pensa-t-il, mais, fatigué, il se garda d'en dire plus à haute voix.

Ils arrivaient sur les bords de la rivière. La voiture tourna à droite et s'arrêta devant la gare de 1879, située sur la ligne reliant la Normandie à la Bretagne. Jean-Charles Martin invita les jumeaux à le suivre, les fit traverser la route et les invita à ouvrir les yeux.

- Voici la belle Blanchère, mes amis, qui, dans quelques kilomètres, va se jeter dans la mer. Bon, ce n'est pas le Nil ou l'Amazone, mais c'est une petite rivière sympathique et sans prétentions… Saluez-la comme elle le mérite.

L'heure tournait. Ils ne s'attardèrent pas à la gare, remontèrent dans la voiture et saluèrent de loin, blottis dans la verdure, Saint-Lormel et le château de Largentaye. Hugo voulait savoir si « Blanchère » voulait dire quelque chose.

- Dans le domaine des noms de lieu ou des noms de rivières, on ne sait jamais très bien, répondit Morvan. Mais il n'est pas interdit de penser que « Blanchère » signifie « la petite blanche », ce qui correspondrait assez à la couleur blanchâtre que lui donnent les sédiments de son estuaire. Il faudrait demander à un spécialiste. Mais notez-le en passant : Wittigny vient de *White*, blanc en anglais, du teint de la femme du chevalier anglais qui s'installa ici au 14e siècle ! Ah, on n'en sort pas de cette couleur…

Suivant le cours de la rivière, la route, toute droite, filait maintenant vers les lointaines hauteurs de Créon. Le soleil brillait encore, et l'horizon, très vaste, était dégagé.

- Et voici Créon, reprit Jean-Charles Martin. Depuis 1913, cette petite ville est connue pour son pensionnat de jeunes filles et ses religieuses, les Filles de la Divine Providence... Eh oui, ici, on ne sort jamais de la religion ! Pardonnez-moi, mais c'est ainsi dans ces contrées. C'est que l'Église a longtemps été très active par ici, comme vous l'avez vu avec les Bas-Foins et Nazareth. Elle fait partie du paysage.

Pendant longtemps, expliqua le policier, l'Église servit même d'horloge. Les paysans n'ayant pas de montres, ils regardaient la position du soleil, et les cloches leur donnaient l'heure, le matin, le midi et le soir. On appelait cela l'angélus. Et c'est du clocher que tombaient alors les informations locales. Par des sons de cloche différents, on annonçait les baptêmes, les mariages et les enterrements.

Gabrielle et Hugo étaient un peu fatigués d'entendre toujours parler de chapelles, de monastères, d'abbayes, de temples, de Pères Blancs, de frères de Saint-Jean-de-Dieu et de sœurs de Créon. Sans oublier ces cloches qui, au fond, servaient de journaux, et ces chevaux bretons un peu *oufs*, peut-être même *aliénés*, qui perdaient la tête et se mettaient à genoux devant la fontaine de Nazareth. Peut-être ces animaux répétaient-ils, sans le savoir, une tradition très ancienne remontant aux dinosaures. Là où les enfants vivaient à Paris, au pied de Montmartre, les chevaux ne s'agenouillaient pas et, du reste, ils n'en croisaient pas souvent. Les jumeaux découvraient là un monde inconnu et mystérieux, un monde aussi magique que celui de ces Dames Blanches qui, malgré leur nom, n'avaient sans doute rien à voir avec les Pères Blancs.

Chapitre 4

Le petit groupe retrouva la Blanchère au Guénan, qui faisait désormais partie de Saint-Colombin. Pour atteindre les ruines du château, situé sur le vaste territoire de Créon, il fallut grimper tout en haut d'un chemin très pentu, qui n'arrêta pas l'antique Fiat de l'archéologue. La voiture en avait vu d'autres en Inde, au pied de l'Himalaya, et au Kenya, dans la vallée du Rift, quand il fallait se hisser de Naïvasha à Nairobi. Ils tombèrent très vite sur un parking, qui ne demandait qu'à accueillir ce véhicule venu d'un autre âge, construit l'année où la reine Elizabeth montait sur le trône.

Il est aujourd'hui facile, expliqua l'historien, de passer de la rive gauche à la rive droite de la Blanchère mais, faute de pont, il n'en fut pas toujours ainsi. Il fallait alors donner quelques pièces – un péage, en somme - aux religieux qui, jusqu'à la fin du 18e siècle, faisaient passer les voyageurs sur l'autre rive. Justement, il y avait alors un monastère de carmes sur la rive droite – ces carmes dont le nom - comme celui des sœurs carmélites -, vient du mont Carmel, en Israël, mais de cet ancien couvent il ne reste aujourd'hui qu'une très belle demeure, à trois cents mères du château.

Il alluma une cigarette.

- Au début, reprit-il, les religieux ramassèrent, sans trop d'efforts, un peu d'argent. Ils aidaient, d'ailleurs, les pauvres et les malades. Mais, à la fin du 18e siècle, alors qu'ils n'étaient plus que deux, ils tiraient le diable par la queue. La misère, la mouise comme on disait il y a un siècle… Ces pauvres carmes à bout de souffle n'avaient plus même plus de quoi se payer du tabac et du vin… Ce qui, en effet, ne pousse pas les hommes à la sainteté ou à l'héroïsme. Quand la Révolution éclata, les deux derniers passeurs s'évanouirent dans la nature.

Il s'est passé bien des choses dans cette région, en particulier sur la plage des Quatre-Vaulx, où venaient jouer jadis les Romains de Corseul. Il n'y en a plus beaucoup aujourd'hui, si l'on excepte quelques touristes italiens venus en autocar, mais on y croise beaucoup d'adolescents et de jeunes adultes en compagnie des sœurs de Créon. Celles-ci ont installé là, en 1950, ce qu'elles appelaient un centre d'adaptation psychomotrice. Même aujourd'hui, certaines nuits d'été, les promeneurs y rencontrent, comme dans son songe, le souriant fantôme d'une Dame Blanche, une certaine Colette, dont l'éclatant sourire éclaire encore la vallée.

En cette fin d'après-midi, il ne restait plus que quatre ou cinq voitures dans le parking du Guénan. Celles, sans doute, de jeunes amoureux profitant des derniers rayons du soleil au milieu des ruines. Et puis, l'heure des repas est aussi sacrée en France que celle du thé en Angleterre.

Dès que le soleil commence à pâlir, chacun rentre à la maison pour la soupe ou file à la crêperie du coin.

De l'autre côté de la vallée, du haut des ruines médiévales du Guénan, le visiteur a une vue splendide sur la grande baie de la Blanchère, où la rivière, dans un dernier effort, se jette dans la mer. À l'abandon depuis des siècles, le château a été sauvé, à la fin du 20e siècle, par un chirurgien à la retraite, qui a vécu aux quatre coins du monde avant de tomber amoureux du Guénan et de sauver, pierre après pierre, ces ruines impressionnantes. Comme quoi, l'archéologie et la médecine ont parfois des points communs.

*

En moins de temps qu'il ne faut pour le dire, le Professeur Morvan dressa les deux tentes du camp. Peut-être était-il interdit de passer la nuit au milieu de ces ruines où les dangers ne manquaient pas, mais, en cas de besoin, Jean-Charles Martin pourrait toujours sortir de sa poche sa carte de policier. Morvan aussi, d'ailleurs. L'homme au short avait également une carte de presse dans son portefeuille, fausse bien sûr. Il l'avait achetée à Bangkok, en Thaïlande, où d'excellents spécialistes de l'informatique réalisent à la demande, et en peu de temps, toutes les pièces d'identité du monde. En cas de contrôle pendant la nuit, Morvan devrait seulement faire attention à ne pas se tromper de cartes si un gendarme lui demandait ses « papiers ».

- Ça veut dire quelque chose, Le Guénan ? demanda la jumelle.

L'historien fit la grimace.

- Retiens ceci, Gabrielle : on n'est presque jamais sûr de l'origine des noms de lieu. Sauf dans des noms comme Quatre-Vaulx, qui veut vraiment dire *quatre vallées.* Alors, chacun raconte n'importe quoi, et ça ne fait de tort à personne. Certains disent que Guénan vient de *gué,* puisqu'il y avait ici un gué pour franchir la Blanchère. Le nom pourrait aussi venir d'une expression latine que j'ai oubliée.

Morvan s'arrêta quelque temps avant de poursuivre.

- D'autres pensent que Guénan vient du breton *goueled*, le fond de la vallée, mais a-t-on jamais parlé breton dans le coin ? J'en doute beaucoup. Ici, on parle patois et français depuis des siècles. Pourtant, c'est vrai, il y a ici ou là des noms d'origine bretonne peu contestable.

Il fit semblant de se concentrer.

- D'autres experts pensent que le nom Guénan vient du prénom Gilles, prince de Bretagne, qui vécut en ces lieux et y fut assassiné. En réalité, les gens du coin utilisaient ce nom bien avant la naissance de ce pauvre

Gilles. D'autres historiens du dimanche ont beaucoup plus d'imagination. Ils expliquent que le nom vient du vieux-français *guilledou.* Ce mot a disparu, sauf dans une expression : *courir le guilledou*, c'est-à-dire courir les filles, jouer les jolis cœurs, conter fleurette...

Le professeur leva le doigt, comme pour signaler l'importance de sa leçon.

- Au 12e siècle, poursuivit-il, le verbe *guiler* voulait dire *tromper.* Ce mot a disparu du français, mais pas de l'anglais, où il a gardé son sens du Moyen Âge. Ah, il s'en passait des choses dans ces châteaux médiévaux ! Mais chut ! Tu es trop jeune, Gabrielle, pour que je t'en dise plus, et tes chers parents me taperaient sur les doigts.

Les parents ? Diable, Gabrielle les avait oubliés. Elle se dépêcha de prendre son portable dans son sac et tapa un texto : *Nous visitons des chapelles, des églises et des temples avec Parrain. Et nous mangeons des robiquettes préparées par un professeur de la Sorbonne. Aucun barbu dans le coin. Tout va bien. Nous vous embrassons très fort.*

*

Le dîner fut rapide. De la rosette de Lyon en entrée et des robiquettes en plat principal. Morvan fit remarquer qu'un des rares affluents de la Blanchère s'appelait, justement, la Rosette. Encore du travail pour les amateurs des noms de lieu.

- Je me demande bien pourquoi cette petite rivière bretonne a pris un nom arabe, car, oui, tout le monde le sait, Rosette vient de Rachid. Il faudra que j'en parle à un collègue spécialiste de la pierre de Rosette, celle qui a permis à Champollion de trouver la clef de l'écriture égyptienne. Vous savez, les enfants, ces fameux hiéroglyphes.

- Tu plaisantes ? demanda Charles-Édouard Martin, qui consultait sa montre pour la centième fois. Où es-tu allé chercher cela ? S'il te plaît, ne raconte pas des salades à ces enfants qui, déjà, n'apprennent rien à l'école. Que viendrait faire la pierre de Rosette par ici ? Allez, un peu de café, mon cher. La nuit sera longue.

- De toute façon, intervint soudain Gabrielle, il n'y a pas de Dame Blanche au Guénan, mais à Wittigny et au temple de Mars…

Morvan haussa les épaules.

- Avec ces Dames, blanches ou non, personne ne peut être sûr de rien. La vérité est qu'elles ne tiennent pas en place.

- Il paraît pourtant que Le Guénan est hanté, fit Charles-Édouard Martin. Non par des femmes, car à côté d'un monastère ce serait de mauvais goût, mais par les deux derniers carmes, qui vivaient encore ici à la fin du 18e siècle et ont alors disparu. Mais je ne peux pas l'assurer, il n'y a aucun document sur ce sujet. Or, les historiens comme moi sont des scientifiques. Nous avons besoin de textes écrits pour les étudier à la loupe et nous faire une idée précise. Nous verrons bien ce soir.

- De toute façon, précisa Hugo, tout ça c'est du pipi pour les chats. La Dame Blanche et les Carmes Blancs du Guénan n'ont jamais existé. Ce sont des histoires à dormir debout pour faire peur aux enfants.

- Peut-être, peut-être, mais ça aussi reste à prouver, fit Morvan. Moi, je le répète, j'ai besoin de preuves écrites... Qui veut encore un peu de café ? Quelle heure est-il ?

- Dix heures du soir, parrain. Tu viens, d'ailleurs, de regarder ta montre, dit Gabrielle.

- Vraiment ? Je n'en ai aucun souvenir. Avec l'âge, je perds la tête... Bon, vous devez être épuisés. Nous nous occuperons du trésor demain. Allez donc vous coucher, les enfants, et si, par hasard, il se passait quelque chose, je vous réveillerais. Et n'ayez surtout pas peur, je suis là. N'oubliez pas que je suis commissaire principal et que j'ai mon arme de service.

Ravis mais épuisés, les jumeaux gagnèrent leur tente. Le parrain se saisit de son thermos, avala une gorgée de son sirop et consulta de nouveau sa montre.

*

Ils dormaient d'un profond sommeil quand leur parrain les réveilla deux minutes avant minuit. « Venez vite, chuchota-t-il, nous avons de la visite. » Les enfants se précipitèrent et, de fait, à deux cent mètres des ruines face à la baie, ils aperçurent deux Dames Blanches, qui leur faisaient de grands signes comme pour les attirer vers elles. Une forte lumière semblait venir de leur corps.

- Mesdames, au nom de la loi, je vous arrête ! ordonna le commissaire Martin.

Les deux femmes éclatèrent de rire. Elles se moquaient bien de la loi puisqu'elles étaient mortes depuis des siècles. Et, du reste, s'agissait-il de femmes ? Jean-Charles se posait la question.

- Certains détails font plutôt penser à des hommes, chuchota-t-il.
- Je pense qu'il s'agit des deux pères carmes, confirma l'historien. Ceux qui faisaient passer les voyageurs d'une rive à l'autre. Officiellement, ils ont disparu en 1790 ou 1791, mais ça ne veut pas dire qu'ils sont partis au bout du monde. Ils vivent peut-être, si j'ose dire, au château de Wittigny. D'ici à Saint-Jean-des-Champs, ça fait une trotte quand on est à pied, mais les Dames Blanches et les Carmes Blancs ne marchent pas. Ils volent.
- Du Guénan à Wittigny, il faut compter une vingtaine de kilomètres à vol d'oiseau, confirma le commissaire. Et, justement, ces créatures volent, en effet, à un mètre de la terre, comme Jésus, jadis, quand il marchait sur les eaux. Et, d'ailleurs, rappelez-vous que les carmes viennent du mont Carmel, en Israël, le pays de Jésus. Ce n'est pas un hasard.

- Possible et même probable, confirma le policier. Nous le saurons bientôt. Je vais demander leurs papiers à ces messieurs qui, d'ailleurs, sont peut-être des dames. S'ils refusent, je sortirai mon arme. Et nous verrons bien qui aura le dernier mot.
- Comme les vampires, ces créatures sont des morts-vivants, expliqua l'historien. Le blanc est la couleur du linceul, ce drap qui entoure le corps d'un mort… Bon, nous verrons bien quand je tirerai dans leur direction.

Il sortit son arme.

- Mesdames, au nom de la loi, je vous arrête, cria-t-il de nouveau.

Les Carmes Blancs, de nouveau, éclatèrent de rire, mais sans méchanceté.

- Je suis donc autorisé à tirer, déclara le policier. Ce que je vais faire. Première sommation !

Il n'y eut aucune réaction.

- Deuxième sommation ! cria-t-il. Je tire.

Deux détonations retentirent dans la baie. Touché sans doute, un des carmes s'éloigna en boitant, et son compagnon – ou sa compagne - le suivit aussitôt. Puis la lumière qui semblait les éclairer de l'intérieur s'éteignit. Le policier alluma sa puissante lampe-torche, mais les carmes, comme avalés par la nuit, avaient disparu. Sans doute filaient-ils en rase-mottes, ailes déployées, vers le château de Wittigny ou le temple de Mars.

- Ils sont partis, dit Gabrielle avec ce qui ressemblait à de la tristesse.

- Bon débarras ! fit l'historien. Ces fantômes sont des moins que rien. Une porte doit être ouverte ou fermée. Un humain doit être vivant ou mort, un homme ou une femme, un carme ou une carmélite. On ne peut pas jouer sur tous les tableaux. Ne faites jamais confiance à un vampire, à un Carme Blanc ou une Dame Blanche. Ni même à une Dame Verte, d'ailleurs, car, oui, il y en a aussi, paraît-il.

- Sans compter, ajouta le commissaire, que ces morts-vivants, à l'évidence, circulent sans papiers. Ah, on ne se méfie jamais assez des sans-papiers, des sans-grades, des sans-dents et des sans-culottes.

- Surtout s'ils sont barbus, fit Hugo avec un sourire.

Épilogue

Gabrielle et Hugo dormirent sur les deux oreilles et se réveillèrent frais et dispos. Et c'est avec enthousiasme qu'ils sortirent de leur tente, alors que le soleil de juillet brillait déjà depuis longtemps sur les ruines. Le parrain et l'historien étaient, à l'évidence, debout depuis quelque temps. Leur tente était démontée et reposait déjà dans le coffre de la voiture.

- Alors, les enfants, fit le parrain. Bien dormi ? Pas fait de cauchemars à cause de ces vilaines Dames Blanches ?

- Elles ne nous font pas peur, répondit Hugo, puisqu'elles n'existent pas ! C'est comme les fantômes, les fées, les vampires, le père Noël ou les cloches qui reviennent de Rome avec des chocolats. Du bidon.

- Comment cela, elles n'existent pas ? répliqua l'historien. Nous les avons pourtant bel et bien vues, non ?

- Non, Monsieur le Professeur. Tout cela, c'était de la poudre aux yeux... Et, d'abord, ces dames étaient des hommes...

- Des hommes ? Peut-être, en effet. Les carmes de la Blanchère, alors. Bon, j'en conviens, on ne peut être certain qu'un de ces fantômes était la Dame Blanche de Wittigny. Même ces créatures prennent désormais leur retraite quand elles sont trop fatiguées... Mais enfin, vous avez vu comment elles ont mystérieusement disparu. *Pfft, arrivederci, bye bye* !

Hugo eut un sourire.

- Moi, je ne crois que ce je vois... Je me suis contenté de suivre le conseil que nous a donné parrain à la gare : *il faut toujours ouvrir l'œil*. Un bon policier doit avant tout être un bon observateur. Et avoir du pif, bien sûr, du pif !

- Et qu'as-tu donc remarqué cette nuit qui m'aurait échappé ? insista l'archéologue.

- Une de ces Dames Blanches boitait. Or, nous avions déjà rencontré l'après-midi d'hier un homme qui boitait, le directeur du musée gallo-romain de la Blanchère, celui qui avait un fusil.

- Jacques Le Menn ?

- Oui, c'est cela. À mon avis, c'est parrain qui a organisé tout ce cirque. Il était de mèche avec Le Menn. Le gardien du temple de Mars boitait, comme cette nuit l'un de nos visiteurs : bizarre, non ? Et j'ai d'autres preuves... Parrain ne cessait de sortir sa grosse montre, celle qui est attachée à une chaîne. C'est qu'il s'était mis d'accord sur les horaires avec Le Menn, qui doit être un de ses copains. D'ailleurs, je suis presque sûr qu'une des robes blanches était, en fait, la soutane de Père Blanc que parrain portait à la gare. La preuve, elle était trop courte cette nuit. Ce qui se comprend, puisque parrain est beaucoup plus grand que le petit Le Menn. Quant à l'autre fantôme, c'était sans aucun doute un ami du premier. Donc, Monsieur le Professeur, il n'y avait aucune

Dame Blanche cette nuit au Guénan, mais deux acteurs qui se sont bien amusés. Tout était programmé à la minute près.

- Mais votre parrain a bien tiré sur les Dames Blanches, non ? Moi, j'ai vraiment cru qu'un des visiteurs avait été blessé.

- Parrain aime faire des farces ! Il a tiré, oui, mais ce devait être des balles en blanc.

Jean-Charles Martin éclata d'un grand rire.

- Bravo, Hugo, tu as les qualités qu'il faut pour devenir un grand policier. Je suis fier de toi. Bon sang ne saurait mentir, comme disait Dracula.

- Merci, parrain… Merci aussi pour ce beau spectacle. Gabrielle et moi y avons pris un grand plaisir.

- De toute façon, ajouta la jumelle, j'ai vu tout de suite que ces femmes étaient des hommes. Leur façon de se tenir. Leur façon de rire.

- Eh bien, une fois de plus, félicitations !

- C'est que nous ne sommes plus des bébés, répondit Gabrielle.

- Ni des blancs-becs, ajouta Hugo.

- Mais les lingots d'or que nous devions rechercher ? demanda Gabrielle.

Le parrain éclata de rire.

- Ils n'ont jamais existé. Vous pensez bien que je les aurais gardés pour moi, ces lingots ! Oui, j'ai tout inventé. Y compris le révérend père Patru de la Lainerie et, bien sûr, ce fameux document en tokharien. Comment voulez-vous qu'un Père Blanc de Marrakech connaisse le tokharien ?

- Même moi, je ne sais rien sur cette langue, c'est dire ! confirma Morvan.

Mais le parrain avait déjà l'œil ailleurs.

- Oh, vous avez vu cet oiseau s'envoler du mâchicoulis ? s'écria-t-il. Un merle blanc ! Et *merle blanc, signe de beau temps*, car c'est rare. Encore plus rare que le loup blanc… À moins qu'il ne s'agisse d'un clin d'œil de la Dame Blanche de Wittigny. Elle a des pouvoirs magiques et peut, paraît-il, se transformer en oiseau.

*

Le parrain connaissait le pays de la Blanchère comme sa poche. Ce qui est un avantage dans ces vallées et ce bord de mer où les panneaux changent de nom comme de chemise : Créon, Le Guénan, Notre-Dame-du-Guénan (il ne faut pas confondre) et Saint-Colombin. Pour tout simplifier, le nom officiel de Saint-Colombin, depuis 1971, est Saint-Colombin-le-Guénan. Saint Colombin était un Irlandais et saint Jacut un Gallois fondateur d'un monastère. Son frère jumeau – ils étaient tous saints dans la famille -, était saint Fracan, qui a donné naissance à Ploufragan, près de Saint-Brieuc. Pour tout simplifier, il y a aussi Saint-Jaguel, qui n'est pas à Saint-Jacut, comme on pourrait s'y attendre, mais près des Quatre-Vaulx. Peu importe… À force de se perdre dans le coin, on perd aussi un peu la tête, mais on voit du pays.

Le parrain était pressé de rentrer à Neuilly-sur-Arguenon. Pas question de tout visiter. Il se contenta, sans même s'arrêter, de montrer quelques plages à ses filleuls : la Grande-Plage, les Quatre-Vaulx, Pen-Guen et sa préférée, la Pissotte. Ayant tout prévu, il glissa dans son lecteur de cassettes *Jojo* de Jacques Brel, un habitué de Saint-Colombin, car son ami, secrétaire et chauffeur Georges Pasquier y était né, y passa une partie de sa vie et y fut enterré.

Six pieds sous terre, Jojo,
Tu chantes encore.
Six pieds sous terre, tu n'es pas mort.

Contrairement à Gabrielle, le policier détestait les cimetières (« J'y rencontre trop d'anciens clients de Vincennes et d'ailleurs », disait-il). Il prétexta un rendez-vous chez son dentiste qui voulait, en urgence, lui proposer des implants à bas prix. Le policier ne demanda même pas à Philippe Morvan de faire un détour pour saluer l'ami de Brel.

Une fois sur la route de Neuilly-sur-Arguenon, il se contenta d'un court commentaire.

- Nous n'avons pas le temps, hélas, d'aller à Plessix-Balisson, ce sera pour une autre fois. Jusqu'à une date récente, c'était une des deux plus petites communes de France. Mais, en 2017, il y a eu un mariage à trois – c'est à la mode : Trégon, Plessix-Balisson et la grosse commune de Beaubalay. Ce qui a donné naissance à une nouveau nom, Beaussais-sur-Mer. Dommage pour Plessix-Balisson, bien sûr, mais qu'y faire ? C'est, paraît-il, le progrès. Les gros mangent les petits.

Tout juste versa-t-il une larme en traversant Pleslin-Trigavou. Gabrielle s'en aperçut et lui offrit un mouchoir en papier.

- Tu as mal aux dents, parrain ?
- Bien pire… Un souvenir de jeunesse. Passons, passons ! À partir d'un certain âge, les souvenirs vous empêchent de vivre.

*

À 13 heures, ils arrivèrent à Neuilly-sur-Arguenon rue des Quatre-Miches. Pour la plus grande joie d'Hugo qui, comme tous les garçons de son âge, avait à toute heure une petite faim. Ils saluèrent la maison des Kitchener et déchargèrent la voiture. Morvan repartit aussitôt. Il avait, dit-il, un article urgent à écrire sur Karkemish pour une revue japonaise.

Le parrain fila vers la cuisine et se versa une bonne rasade de sirop. Traverser Pleslin avait augmenté sa tension.

- Et voici votre jus de pamplemousse, dit-il à ses filleuls. Votre apéritif.

- Et qu'est-ce qu'on va manger, parrain ? Un hamburger ? Des œufs à la coque ? demanda Hugo.

Jean-Charles Martin fit semblant de réfléchir.

- Eh bien, mes enfants, pour changer j'ai prévu des robiquettes. Des galettes de sarrasin et une vraie saucisse de l'Arguenon. Avec un doigt de moutarde. Rien d'autre, rien d'autre.

Du même auteur
(sélection)

Livres pour les enfants
Mon premier guide de Bretagne, illustrations Lazé, 1987.
Marco Polo, illustrations Ridel, 1990. *
Civilisation de la Bible, illustrations Bergèse, 1995. *
Je découvre la Bretagne, illustrations Lazé, 2015. *

Romans pour adolescents
Lumière sur Kerlivit, 1964.
Le Requin de Runavel, avec Jean-François Bazin, 1990.

Romans pour adultes
Le Chant des adieux, 1976.
La Java des voyous, 1996. *
Les Castrats de Bombay, 1997. *
Requiem sur le campus, 1998. *
Le Bouillon de Minuit, 1999. *
La Farine du diable, 2001. *
La Vênus de Malifeu, 2002.
Terminus Montparnasse, 2006. *
L'Indien du Reich, 2007.
Le Broyé du Poitou, 2009. *
L'Abbé de la baie, 2011. *
Le Siamois de Brest, 2016. *

Biographies
Lawrence d'Arabie, 2012.
Joseph Conrad, 2014.
Trotsky, 2017.

Ouvrages généraux
Aimer la Bretagne, 1994.
L'Inde, 1994. *
La littérature indienne anglophone, 2008.
Naissance des écritures, 2011.

* Publié par les Éditions Jean-Paul Gisserot

Imprimé et façonné par Pollina Luçon 85 n° d'impression : 86768
Imprimé en France

IMPRIM'VERT®

PEFC
10-31-2065